cuentos de bolsillo

D1253026

Los tres cerditos

Título original: I tre porcellini
Proyecto gráfico: Gaia Stock
Traducción: Ana Belén Valverde Elices
© 2009 Edizioni EL, San Dorligo della Valle (Trieste)
© 2010 Ediciones del Laberinto, S.L. para la edición en castellano
ISBN: 978-84-8483-435-9
Depósito legal: M-13137-2010
www.edicioneslaberinto.es

cuentos de bolsillo

Los tres cerditos

de la tradición popular inglesa

...contado por Roberto Piumini
ilustrado por Nicoletta Costa

LABERINTO

Érase una vez una familia de cerditos que crecía y crecía porque cada año nacían más y más cerditos.

Como ahora había tantos, un día la madre llamó a los tres mayores cuyos nombres eran Pombo, Golli y Fonfón y les dijo:

"Queridos hijos, ya no tenemos sitio para vosotros. Además, ya tenéis edad suficiente para que salgáis a recorrer el mundo. Buena suerte."

Los tres emprendieron su camino, pero a pesar de ser mayores, estaban asustados porque el mundo les resultaba misterioso y además la noche era oscura.

Caminaron y caminaron hasta que un día llegaron al bosque más tenebroso que habían visto, donde llovía, nevaba y soplaba el viento al mismo tiempo.

Era el hogar de los lobos.

Los tres tiritaban terriblemente. De pronto Golli, la cerdita, vio un montón de paja y le dijo a sus hermanos:

"¡Construiré una cabaña, con esta paja!"

Se puso manos a la obra, pero había muy poca y la cabaña iba a ser demasiado pequeña para los tres, así que los otros dos hermanos siguieron caminando.

Cien pasos más adelante, Fonfón vio una pila de leña y dijo:

"¡Construiré una cabaña con esta leña!"

Pero como no había suficiente para una cabaña grande, Pombo siguió su camino.

Doscientos pasos más adelante, el cerdito vio un montón de ladrillos que alguien había tirado y con ellos construyó una casita.

El viento soplaba, soplaba, y resoplaba, pero los tres cerditos estaban al cubierto.

Por fin la tempestad cesó, dejando un gran silencio.

Un silencio de lobos.

De un momento a otro, fuera de la cabaña de paja se oyó una voz:

"¡Eh, tú, en la cabaña! ¡Abre la puerta!"

Golli se asomó y vio a un lobo.

"No, no te abriré!"

"¡Pues entonces soplaré!"

El lobo sopló violentamente y la cabaña salió volando. Golli apenas tuvo tiempo de correr a la cabaña de Fonfón y cerrar la puerta tras de sí.

"¡Eh, vosotros dos, abrid!" gritó el lobo.

"¡No, no te abriremos!"

"¡Entonces soplaré otra vez!"

El lobo sopló terriblemente y la cabaña de madera salió volando.

Golli y Fonfón corrieron a casa de Pombo. Entraron y cerraron la puerta tras de sí.

Enseguida llegó el lobo y gritó.

"¡Eh, vosotros, en la casa! ¡Abrid!"

"¡No, no te abriremos!"

"¡Entonces soplaré otra vez!"

El lobo sopló tremenda, terrible y violentamente, pero la casita de ladrillos era fuerte y resistió.

"¡Donde no entra el viento, entra el lobo!" gritó la bestia.

Con un gran impulso saltó sobre el tejado de la casita y sigilosamente se acercó a la chimenea para colarse adentro.

Pero desde abajo, Pombo oyó el ruido de sus pasos y susurró a sus hermanos:

"¡Rápido, id a coger un poco de paja y de madera! ¡Mientras, haré creer al lobo que estáis aquí!"

Los dos tenían miedo pero poco a poco salieron de la casa para recoger la paja y la madera de las cabañas que el lobo había destruido.

Mientras, en la casita, Pombo dijo con su propia voz: "Le hemos dado una buena lección al lobo, ¿eh?"

Luego, imitando la voz de Golli, exclamó:"¡Así es! ¡Ha soplado y soplado, pero la casa no se ha derrumbado!"

Finalmente, imitando la voz de Fonfón, dijo: "Bien, ahora que estamos a salvo, ¡vamos a dormir!"

Luego se quedó en silencio.

El lobo, que estaba arriba escuchando en el tejado, pensó: "¡Eso es, id a dormir! ¡Ya veréis cómo os despertaréis en mi barriga!"

Y empezó a deslizarse por la chimenea muy despacito.

En ese momento, Golli y Fonfón llegaron con suficiente paja y leña que Pombo puso en la chimenea. Cuando la bestia iba a mitad de camino, los cerditos encendieron el fuego. Las llamas crecieron tanto que quemaron al lobo que chilló con fuerza y murió asado.

Desde ese día los cerditos vivieron seguros y contentos en la casita de ladrillo.

cuentos de bolsillo

Este libro se acabó de imprimir
en abril de 2010